LUIZ EUDES

CANGALHA DEL VENTO

Storie che si intrecciano

◆

EDIZIONI WE

Titolo originale: Cangalha Do Vento

Traduzione e adattamento di Simona Adivíncula
- s.adivincula@libero.it

Fotografia della copertina Liz Matos

Prefazione di Antonia Flavio

Illustrazioni Samuel Costa

- Revisione Pavel Marinò/Luigi Viganò

Contatti
- E-mail: luizeudes648@gmail.com
- Facebock: Luiz Eudes
- Instagram: @luiz_eudes

Edizione in portoghese
© 2021 Luiz Eudes

ISBN 979-12-80240-82-8

©2021 Edizioni WE di Nicola Bergamaschi
Via Paulli 10/A – 26015 – Soresina (CR)

www.clickpertutti.com
www.edizioniwe.com
www.facebook.com/edizioniwe
www.instagram.com/edizioniwe
info@edizioniwe.com

PREFAZIONE
di Antonia Flavio

Leggendo le pagine di questo libro si assapora un viaggio attraverso la storia del protagonista, storia segnata da eventi particolarmente tragici che hanno in qualche modo compromesso sì la vita di José Paulo, ma che al contempo lo hanno fortificato rendendolo un uomo forte e caparbio.

José Paulo è fortemente legato alle proprie radici, alla propria terra, luogo natìo che dovrà purtroppo lasciarsi alle spalle portando con sé amari ricordi che non sveleremo.

È un viaggio dolorosamente emozionale quello che il lettore si ritroverà a vivere, un pathos di pagine cariche di sentimento, alternate da bellissime poesie, laddove si evince chiaramente l'amore del protagonista per la letteratura e per la poesia parimenti.

Ogni pagina sarà un arricchimento non solo culturale, ma anche spirituale. La fede è presente seppur non preponderante, e la si percepirà manifesta in un forte legame con Dio. Un finale meritato quello di José Paulo, che dopo tanti anni di sacrifici riuscirà nuovamente a tornare nella sua terra d'origine e dalle sue umili radici potrà finalmente risorgere a nuova vita.

Antonia Flavio

CANGALHA

DEL VENTO

Per Géssica, Malu, Carol e Sarah.

Il Giunco:
Questa è la terra che mi ha partorito,
Ti amerò fino alla morte.

Antonio Torres

Dov'è nascosta la verità?
quando si fa riferimento a questa città?
Non sai mai cosa sia vero
e cosa sia leggenda.

Jorge Amado

Come poteva vivere più a lungo, un uomo che aveva amato cosi tanto?! Non c'era rimedio contro la morte, la nostalgia era inutile, l'assenza perenne. Aristeu, il Galego, guardò languidamente il tramonto che svaniva mentre nel cielo di Junko si delineavano sfumature scarlatte, e moriva con l'immagine di Tereza che gli sorrideva.

Molto tempo prima, in un anno lontano, all'età di quindici anni, si era ripromesso che non avrebbe mai più sopportato le angherie di suo padre, un caboclo rude e ignorante che non aveva la minima compassione per i suoi figli.
Con la complicità della sorella Maria, Aristeu, preparò una valigia di cuoio contenente alcuni indumenti, farina, zucchero di canna e carne secca e decise di guadagnare la strada verso il vicino comune di Água Fria.
Camminò per tutta la notte e per gran parte della giornata finché non raggiunse la sua destinazione. Non ebbe nemmeno il tempo di cercare una locanda.
Quello stesso giorno conobbe un lavoratore mediatore, impegnato nel settore dell'estrazione del lattice nella foresta amazzonica.
Nessuna freccia avvelenata degli indios, nessuna malattia tropicale sarebbe stata peggiore delle botte di suo padre. Non per il dolore fisico, che può essere curato, bensì per la ferita nell'anima costantemente aperta.

Viaggiò per diversi giorni senza rimpianti. Aveva un índio sospettoso come amico, un ladro di bestiame come collega di lavoro, un trafficante di schiave

bianche come capo, l' assassino come compagno di festa, e le cosce brune delle indiane e delle prostitute come rifugio e conforto.
Lì c'era la terra dei senza legge, degli ingiusti, dei senz'anima e dei senza Dio.

Risultato: quindici anni trascorsi fra il caucciù e la compagnia delle donne, degli indigeni, e ... nessuna voglia di tornare. Poteva persino sentire questo desiderio, ma era inutile, perché tutti i suoi risparmi venivano usati nelle notti di baldoria.

Un giorno, viaggiando in barca verso un'altra piantagione di gomma, venne coinvolto in un incidente che cambiò drasticamente il corso della sua vita: la compagnia di navigazione, fallita ormai da tempo, fece affondare con un atto criminale, l'imbarcazione piena di passeggeri, col fine di riscuotere i soldi dell'assicurazione.

Aristeu non solo si salvò, ma salvò anche altre tre vite, tre pezzi grossi della società amazzonica. Questo atto di coraggio ebbe grandi ripercussioni in tutto il territorio e la gente lo proclamò eroe. Grazie a questo, si garantì il viaggio di ritorno in prima classe in battello e in treno. Scese alla stazione di São Francisco, ad Alagoinhas, e si trovò faccia a faccia con il suo amico d'infanzia, Sátiro Batista, che lavorava come mulattiere. Prese un passaggio nella carovana e, il giorno dopo, abbracciò i suoi parenti a Baixa Funda.

La sua famiglia, per la sorpresa, esplose di gioia. Mandò a chiamare il migliore fisarmonicista nel raggio di cento leghe, Guidório, lui era malato, bloccato a letto, incapace di camminare. Improvvisarono allora, una sorta di amaca grazie alla quale riuscirono a trasportarlo fino alla fattoria.

Che morisse, ma prima bisognava prendersi cura e ani-

mare chiunque fosse vivo. Fu una festa davvero sfrenata, con il suono della fisarmonica, del triangolo e della grancassa. Le ragazze nubili presenti, indossavano i loro migliori abiti da cerimonia, si dipingevano e partecipavano alla festa in onore del figliol prodigo.
Aristeu rimase incantato dalla bellezza di sua cugina Tereza e subito si impegnò ad assumere il compromesso di matrimonio. In funzione di questo accordo, andò a lavorare come mandriano nelle fattorie di cacao nel sud di Bahia.

Ma le donne che ha trovato nel suo percorso consumarono tutti i suoi risparmi, e lui non poteva sposarsi con solo "una mano davanti e l'altra dietro".
Lavorò sodo, trasportando il cacao dalle fattorie al porto di Ilhéus. Di tanto in tanto pensava alla promessa di matrimonio fatta alla cugina, ma la sensualità delle rapiúnas gliela fecero presto dimenticare.
E così passarono altri dieci anni.

Un giorno dovette viaggiare per trasportare del cacao fino a Salvador. Nella Baia di Todos os Santos la nave si arenò, affondò e lui fu uno dei pochi che riuscì a salvarsi. Proprio come Diogo Álvares Corrêa, anche lui naufragato nella baia di Todos os Santos, nuotò fino alla spiaggia del Rio Vermelho, dove ad attenderlo c'era una bella Índia, figlia della massima autorità indigena. Aristeu, dopo aver raggiunto la costa a nuoto, si recò a Baixa Funda, dove lo aspettava una discendente di Catarina Paraguaçu. Così, all'età di 44 anni si sposò.

Dopo tanti anni, là stava la donna, davanti ai

suoi occhi di uomo duro, respirando con morbosa tranquillità. Erano forti insieme, lavoravano e si amavano
nelle notti calde, ma un figlio, un altro e un altro ancora; un bambino è una bocca, ma sono anche braccia
per il lavoro. Già avevano messo al mondo nove figli e
ora il decimo sembrava essere troppo. Aristeo inghiottì
una densa saliva mentre gli occhi della donna si facevano obliqui, con il bagliore febbrile di chi vede il volto irriducibile della morte.

Era una notte densa, con nuvole pesanti e venti freddi che sibilavano tra la vegetazione creando la sensazione di fantasmi che si rivelavano lì.

Aristeu implorò l'ostetrica Salustiana, che venne presto chiamata di corsa dal figlioletto, José Paulo.

Il ragazzo osservò la vecchia levatrice che con un'espressione di rammarico, cercava di estrarre nel mezzo di dona Tereza, con un'espressione pesante. Ma lì non c'era più vita, a parte l'essere piccolo, dalle guance piene e sane che aveva lasciato il corpo morente della povera madre e, che ora piangeva, davanti al mondo estraneo a cui era stato presentato. Era una bambina.

Con voce imbarazzata, il vecchio Aristeu disse:

– Si chiamerà Tereza, come sua madre – e tacque così bruscamente che anche il neonato smise di piangere per quella stranezza.

***

José Paulo viveva nei suoi pensieri, nei conflitti che scaturivano dai suoi sentimenti nascosti. Sebbene fosse convinto di ciò che voleva, una sensazione di estraneità lo attanagliava.

Guardava le luci della città, gli edifici del centro storico, mentre si agitava in un collettivo quasi malinconico del municipio di San Paolo. Il suo pensiero andò al Junco, al pau de arara che cercava per trasportare; dopo aver risparmiato i soldi che ricavava dalla coltivazione dei fagioli, dal trattamento della manioca, dalla mondatura del mais. Ricordava tutte le cose vissute molto tempo prima.

Del padre Aristeu e dalla madre, Dona Tereza. Ricordava con un sentimento lontano ma vivido, la notte della morte di sua madre. Da quando si era precipitato a chiedere aiuto alla vecchia levatrice Salustiana, per poi a vederla asciugarsi le mani con rimpianto quando aveva saputo che sua madre era morta. I ricordi sbocciavano come uno sciame a fior d'acqua.

Ricordò il giorno della veglia, la pioggia che cadeva, e anche il volto lontano di suo padre, incuriosito da quell'entrare e uscire di casa. Era quasi un affronto aprire e chiudere le porte. Sembrava che tutto il mondo fosse in opera.

Suo padre vedovo, sembrava quello che aveva più bisogno di riforme, ma non in quel momento. Godeva solamente del diritto di stare lì, tranquillo, a vegliare sull'eterno riposo della sua compagna, legati ormai da tanti anni e da momenti anche non tanto facili. Aristeo voleva guadagnarsi il diritto di arrivare da qualche parte, ma senza dover andare. Voleva coltivare questo peccato.

Questa pigrizia di non voler nemmeno respirare.

E José ora poteva vedere gli occhi del vecchio. Poteva vedere quel giorno e altri lontani come una storia spazzata via. Prima di scendere dall'autobus, José lasciò vagare i suoi pensieri. Ora doveva sbrigare un'altra faccenda. Erano alla fine anni '60. Entrò, riempì un bicchiere d'acqua, si sedette e dichiarò con molta calma alla donna che stava guardando con curiosità:

– Maria, facciamo le valigie e torniamo a Bahia. Junco è il nostro posto. Lì nascerà nostro figlio. Una volta arrivati a Junco gli dissero: San Paolo dà l'oro, ma prende la pelle.

Non c'erano più gli anni d'oro, il progresso, cinquant'anni in cinque. La rivoluzione industriale si è fermata. C'erano sì, è vero, gli anni di piombo.

Dall'oro al piombo! Amici arrestati, dispersi, scontri di strada, polizia segreta e scuse per qualcosa di buono.

Non abiterei più in quel posto. Suo fratello, coinvolto con il sindacalismo, era fuggito a Junco pochi giorni prima. La polizia lo stava inseguendo.

Fuggì!

Avrebbe portato con sé un ricordo vivo di quella grande città. Ricca, frenetica, apparentemente senza fine. La città lo accolse quando fuggì dalla terribile siccità che colpì Junco nel 1961. Aveva diciotto anni e tanti sogni. Fu un viaggio faticoso, di dieci giorni, sobbalzando su un camion con la parte inferiore aperta e senza nessuno conforto, pieno di incertezze e speranze futili.

Giorni prima era stato con suo fratello. Prima di partire, si incontrarono in una caffetteria vicino ad Av. Ipiranga. Il fratello era passato a salutarlo.

Israel era un uomo orgoglioso, vanitoso e bohémien. Aveva conosciuto tutta la rumorosa notte di San Paolo. Si era messo nei sindacati. Era lì per parlare e salutare suo fratello. Con gli occhi pieni di lacrime, divisero una birra.

– Sto pensando di scrivere una lettera a Dona Anna, mia suocera, dicendole che sto tornando – avvertì José Paulo. Israel sorrise brevemente.

– Allora, vuoi davvero andare via?

– È possibile, fratello mio. Qualcosa mi dice di tornare indietro. Mi manca Junco... mi mancano le feste: diverse da qui. Non ci sarà nemmeno la polizia a inseguirci   lì.

– Ti tormentano molto? chiese José Paulo, osservando uno scarafaggio che passava in lontananza.

– Sì, ma non è niente. Ci sono persone che sono scomparse. Torno a Bahia. Forse tornerò qui, ma solo quando questa diavoleria sarà finita.

Israel non voleva una vita clandestina. I due

parlarono delle storie che ricordavano. Del vecchio Aristeu, della madre Tereza, dei dolori e delle gioie della Fazenda Baixa Funda. Tutto tornava nei loro ricordi con intensità rivelatrice, Junco era il loro posto e lì dovevano tornare.

Tre giorni dopo aver lasciato Israel, José Paulo scrisse la lettera a sua suocera:

San Paolo, 28 dicembre 1968

Dona Anna, prego per la vostra benedizione, la mia intenzione nello scriverle queste righe è di darle la buona notizia che presto vedrà il suo primo nipote e di chiederle di pregare la Madonna del Bom Parto affinchè vegli sua figlia Maria.

Come sa, non ho bei ricordi delle nascite. La mia cara madre morì in quel momento, quando stava mettendo al mondo il suo decimo figlio.

Signora Anna, le cose non vanno bene qui. Gli anni sono di piombo, la situazione è pesante. L'azienda metallurgica per cui lavoro appartiene a un deputato e da queste parti si dice che sia coinvolto con i comunisti. Tutti noi funzionari siamo osservati. Ogni volta che torno a casa, sento che qualcuno mi segue. Non ho niente a che fare con questo e non voglio pagare il prezzo che ha pagato un mio amico: stavamo uscendo dal lavoro quando due uomini lo hanno preso, lo hanno gettato sul sedile posteriore di una macchina scura e lo hanno portato, chissà dove. Che Dio mi aiuti perché non voglio questo per me!

Questa sera, Maria mi ha raccontato di aver ascoltato alla radio un discorso del deputato, e ha confessato di essere preoccupata per il futuro dell'azienda in generale, e della nostra in particolare.

Mio fratello è già scappato da qui, è stato coinvolto nel sindacato. Gli ho detto di non lasciarsi trascinare da questo tipo di persone, ma è testardo come lei conosce. Ha chiamato anche me per andarci, ma ho rifiutato. Perché la storia per lui è diventata pesante: è dovuto uscire nel cuore della notte, fredda e grigia, con un pacco di libri sotto il braccio da buttare nel fiume Tietê, se la polizia lo prendesse... non voglio nemmeno pensare. Poi è salito con un carro comune fino a Minas Gerais e da lì a Bahia.
Questa è la nostra vita? Scappare con l'aria di aver commesso qualcosa di sbagliato. Se nostro padre fosse vivo...

Allora, Dona Anna, ho deciso che ce ne andiamo e voglio chiederle di trovarmi una casa lì, da comprare. Ho intenzione di vendere la mia qui, voglio lasciare presto questa terra. Quelle belle mattine d'autunno con le foglie sui marciapiedi sono sparite
. Maria è incinta e voglio che nostro figlio venga al mondo a Junco. Il nostro mondo!

Con la sua benedizione,
José Paulo.

I giorni che hanno preceduto il viaggio di ritorno sono stati tutti pieni di ricordi e riflessioni sulla sua avventura a San Paolo. Aveva diciotto anni quando lasciò là, un campo di manioca che aveva ereditato dal vecchio Aristeu e il coraggio di lavorare era tutto ciò che aveva. Fu un viaggio difficile, dieci giorni atroci sul precario autocarro.

Ma ne è valsa la pena, pensò. Non c'era più modo di rimanere nella loro battaglia rurale. Era emancipato, poteva andare avanti a modo suo come uomo. L'amore che aveva per Junco non bastava a tenerlo lì.

Qualcosa di nuovo pulsava in lui, uno spirito tale, che si ancorava in quella parte del mondo, sentiva di poter andare ovunque e potersi conquistare una vita dignitosa con la sola forza delle sue mani. E ora, era il momento di tornare indietro.

Il nastro della sua memoria era così chiaro che José Paulo poteva vedere chiaramente il giorno in cui aveva cercato Edgar de Joãozinho per comprare un biglietto col fine di scappare in autocarro da San Paolo.

Il viaggio durò dieci lunghi giorni con un continuo sussulto esasperante. Quando finalmente il veicolo raggiunse la stazione degli autobus di Brás, le sue natiche erano così callose che il sognatore non poteva più sedersi. Sbarcò illuso con la convinzione di trovare facilmente un lavoro, ma la realtà di quella importante città lo scoraggiava, l'aria che respirava era soffocante, l'odore che sentiva era velenoso, si affliggeva e si disperava senza trovare lavoro.

La prima notte si sentì abbattuto. Si fermò avvilito in una taverna. Si appoggiò al bancone sporco e notò che qualcuno lo osservava. Temeva per la sua vita come un animale messo alle strette.

Era sfuggito ai pericoli sui tanti chilometri di strada sterrata in cerca di un sogno e quando arrivò era il bersaglio di qualche incubo. Cosa fare? Si fece coraggio e, anche se era stanco, parlò a voce alta con il suo forte accento. La persona che lo stava osservando si avvicinò e iniziarono una conversazione, scoprendosi amici d'infanzia soliti a praticare immersioni nella diga comunale. Lo sconforto improvvisamente scomparve, la paura della città svanì in un battito di ciglia quando il suo amico gli promise un lavoro presso l'impresa edile dove già lavorava.

Il giorno dopo scoprì che il suo lavoro era quello di manovale, una professione che non conosceva, ma che aveva deciso di imparare. Avendo come attrezzo una zappa, il mestiere non poteva essere tanto diverso da quello a cui era abituato all'epoca in cui viveva a Junco.

Il primo servizio fu la costruzione di un alto muro, nella casa di un influente industriale e politico.

Tutto seguiva il suo ritmo normale quando la sirena suonò per annunciare l'ora di pranzo. Decise di andare al refettorio improvvisato e notò che non c'era il suo cestino del pranzo. Un collega gli disse di aver visto un bel cane che se lo gustava con piacere.

'Anche il cane di un ricco si diverte a maltrattare il povero', pensava mentre cercava una soluzione per appagare la sua fame. Si diresse umilmente in cucina, dove una signora stava preparando delle prelibatezze per il pranzo dei padroni, e parlò della sua sofferenza. La cuoca, disperata, chiamò il capo e gli raccontò cosa era successo. Il servo voleva solo un piatto di cibo per placare la fame nel suo stomaco.

Al ritorno dalla telefonata, la donna si rivelò fugace è maleducata: – Oltre a parlare con il capo, – disse porgendogli un piatto di cibo – ho chiamato anche il veterinario. È probabile che la tua sbobba danneggi il nostro cucciolo. Grato, tornò al lavoro e si ricordò gli insegnamenti di suo padre, che gli rimasero in testa tutto il giorno.

Al tramonto il datore di lavoro parcheggiò la sua auto davanti alla dimora. José Paulo si fece coraggio e andò da lui. L'uomo fu gentile con il manovale, promettendogli un impiego nella sua azienda. Il colloquio era alle sette del giorno dopo all'indirizzo prefissato.

José Paulo rimase ore a chiedersi quanto Dio fosse generoso con lui. Aveva avuto fortuna nella lotteria: lavorare in una metallurgia! Questa era, senza dubbio, l'opportunità che doveva cogliere senza esitazione. Iniziò subito, a fare progetti per il futuro ed era contento all'idea che stava ottenendo, ciò che era venuto a cercare. Alla fine, pensò di lasciarsi alle spalle la sua vita di privazioni. Si ricordò dei suoi parenti e pregò per loro. Fu in questo periodo che José Paulo inviò lettere a Dona Anna, chiedendole la mano di sua figlia

Maria in sposa e se lei avesse acconsentito, le avrebbe inviato i soldi per il viaggio in modo che si recasse a San Paolo, così da avere una vita migliore.

Ci volle tempo finché Dona Anna non acconsentì a quella faccenda di far viaggiare e sposare la sua ragazza fuori dalla sua vista; ma anche così, non si sbarazzò dei pettegolezzi dei vicini, la storia di andare via per sposarsi lontano, era alquanto strana.
Alla fine prevalse la conversazione dei genitori delle famiglie, che acconsentirono: – José Paulo è sempre stato un bravo ragazzo, laborioso, coraggioso e onesto e aveva bisogno di una compagna che si prendesse cura di lui. Maria difficilmente si sarebbe aspettata che le venisse chiesto di incontrare José Paulo.
Era stato l'amore della sua vita fin dai tempi dell'innocenza dell'infanzia, il suo unico amore, anche se non si erano nemmeno guardati in faccia una volta.

Era un giorno di fiera a Junco. Avrebbe accettato senza dubbio. Si sposarono a San Paolo, ordinarono diversi rullini fotografici che, spedirono ai membri della famiglia a Bahia.

***

José Paulo lavorava da alcuni anni alla Metalúrgica Serralgodão. Durante questo periodo fu in grado di acquistare la casa in cui vivevano. Tuttavia, non c'era più motivo di rimanere nella terra della foschia. L'incrocio quotidiano tra Ipiranga e São João Avenue non lo interessava più. Vendere la casa per acquistarne un'altra a Junco.

In quegli anni José Paulo scoprì che non esiste il paradiso in terra. Le cose diventarono difficili da quando i militari presero il controllo del governo. San Paolo non era più un sogno, e non era più il luogo che avrebbe voluto dare a suo figlio che stava per nascere.

San Paolo non era sicuramente un mare di speranza, ma una giungla di pietre che aveva travolto molti. Ora era deciso a tornare, e l'idea di avere una piccola fattoria lo confortava, non tanto per il valore di quel pezzo di terra, ma per il fatto che qualcosa in Junco era suo, oltre ai ricordi che portava con sé.
Vero è che, da quando era salito su quel carro pieno di illusioni, nessuno mai era rimasto nella Fazenda Baixa Funda. Conosceva la terra e ci lavorava fin da ragazzo, dalla piantagione di manioca riuscì a guadagnare abbastanza denaro per intraprendere la ricerca dell'Eldorado. Ora sarebbe tornato nella sua patria, quella che conosceva davvero e questo lo confortava. Stava pensando di diventare un piccolo commerciante.
L'indennità garantita dai lunghi anni di lavoro nell'azienda, dal giorno in cui il cane si cibò del suo pasto; gli avrebbe dato la possibilità di vivere in pace a

Junco. Avrebbe chiamato suo figlio Fernando, in onore di suo fratello. Suo figlio sarebbe un Junquense, come lui e suo padre, tutti discendenti di João da Cruz, che un giorno approdarono a Junco. Anche João da Cruz era fuggito dalla siccità, gli fu detto una volta, e solo in seguito seppe che questa non era la verità.

João da Cruz cercava di creare una cronaca della sua esistenza fuggendo da una famiglia in cui sarebbe sempre visto come un bastardo.

– Sì, Maria, andiamo da Junco. Lì, la Madonna di Amparo ci sosterrà. Torneremo a Bahia…

Fernando aveva gli occhi che brillavano per il desiderio di sapere. Quando suo padre gli parlava di San Paolo e delle cose che aveva vissuto lì, ascoltava silenzioso e incuriosito.

Per quanto il pianeta fosse già un altro, moderno anche a Junco, dove l'accesso a internet permetteva di scoprire il mondo intero; al ragazzo piacevano le storie, quelle che si dilatano nel tempo e finiscono per essere diverse, ma quasi uguali, di generazione in generazione.

Quando la sua amica Dusa Oliveira apparve nella sua stanza con vanto, sapeva che non era una disgrazia ciò che era venuta a raccontare, ma un caso.

– Oh ragazzo! Cosa ci fai ancora in questo letto con così tante novità che accadono in città?

Fernando si svegliò sorpreso dalla suo collega, senza fiato. Arrivava dalla panetteria di Edvar, dove c'era una sola notizia: un uomo era andato alla ricerca di una bottiglia piena d'oro sepolta nel cimitero. Parlavano di cose dell'altro mondo.

Il caso, che di fatto accadde, era questo:

– Non appena il sole tingeva tutto il cielo di un rossore mai visto prima da quelle parti, Zé Prego incrociò la porta di casa e si adagiò con il corpo stanco sul letto ricoperto da un materasso di paglia d'erba secca. Sentiva che quella non sarebbe stata una notte tranquilla, come ogni notte in campagna. Per strada era diverso: c'era la televisione, le antenne paraboliche adornavano i tetti e le giovani donne facevano la fila alla porta dell'Internet café, l'ultima invenzione di Junco. Zé Prego era irrequieto come se intuisse l'anormalità del momento. Immaginò di vedere subito qualcosa o qualcuno di cui non sapeva di aver bisogno. Si alzò, fece il segno della croce e cercò di entrare nella piccola sala quando fu interrotto dallo spettro della defunta Eustachia, antica residente di Junco.

– Ti porto una missione: a mezzanotte devi chiamare Dona Olegária e andare a Estrada do Junco, dove c'è il cimitero. Dicono che ci sono i fantasmi lì. Però non temere, sono io che sto lì a custodire il mio tesoro. Non dimenticare di portare Dona Olegária con te. Lei conosce le orazioni.

Zé Prego andò a parlare con Olegária, che già conosceva la storia. Combinarono tutto. All'ora stabilita, si incontrarono davanti al ristorante Portal do Junco e proseguirono il loro viaggio alla ricerca del tesoro. Dona Olegária pregò e pregò per quasi un'ora mentre

Zé Prego scavava il terreno asciutto del Barrocão do Junco sotto le galle del piede della bara. Si diceva che quell'albero fosse maledetto. Zé Prego non aveva paura, poiché si sentiva al sicuro grazie alle preghiere di Olegária. Sentì la stanchezza invadere il suo corpo quando udì il rumore della zappa su un pezzo di legno.

Una gioia invase il suo corpo. Dona Olegária rafforzò le preghiere, poiché è in questo momento che tutti i soldati dell'esercito dalle profondità arrivano per proteggere il tesoro.

Olégária fu coraggiosa e Zé Prego sentì le sue mani ribollire come se stessero scendendo all'inferno al toccare quell'arca. Con sacrificio riuscì a strappare il baule dalla terra arida mentre i primi raggi di sole invasero il luogo. Con la luce del sole le creature della notte erano scomparse e i due soci potevano controllare tutta la fortuna contenuta nel baule.

Quello che si sa di Dona Olegária è che acquistò una bella casa ad Alagoinhas, dove si trasferì, anche perché non sopportava più le richieste di parenti e sconosciuti che bussavano alla sua porta; e di Zé Prego non si seppe più nulla.

Si dice che sia a San Paolo, proprietario di una famosa impresa edile.

È interessante questo desiderio della gente che vuol possedere la terra. Veniamo dalla terra, ma non la dominiamo. La terra pare avere una vita propria. Non solo pare, ma è così.

Ha vita ed è affamata, molto affamata. Principalmente

da coloro che si considerano suoi proprietari. La terra
ci ferma, ci nutre, ci crea e ci inghiotte.

Non siamo i proprietari della terra. Prima, ancora, è la
terra che è nostra padrona.

Secondo quanto si raccontava, c'erano persone che nutrivano la terra con monete d'oro e d'argento, volendo corromperla per non esserne divorati. Nutrimi o ti divorerò. Nutrirsi d'oro e di tesori non sortì alcun effetto e colui che in vita aveva seppellito la sua coppa d'oro alla fine dell'arcobaleno finì per trasformarsi in un'anima in pena senza un destino certo, cercando qualcuno con il coraggio sufficiente per dissotterrare il tesoro e liberarlo dalla colpa. Come ringraziamento, rimarrebbe con l'intera fortuna. Furono imposte due condizioni: la prima era che fosse un uomo coraggioso; la seconda, che portasse una beata per pregare non appena l'esercito degli abissi si levasse. A quest'ultima sarebbe destinata la metà dell'oro trovato.

Fernando ascoltò la storia della cassa d'oro rinvenuta nel Barrocão do Junco e incuriosito decise di imparare tutte le preghiere. Fu una serata di festa in città in onore della patrona, Nostra Signora del Amparo. Aveva undici anni, ma sembrava che sua madre fosse arrivata ieri a Junco, proveniente da San Paolo con lui in pancia. Undici anni e già si immaginava un uomo adulto, pensando di uscire per trovare ragazze da corteggiare. Suo padre gli permetteva di uscire la sera in libertà, anche se controllato.

Al mattino ricevette il corpo di Cristo; prima

comunione, celebrata da don José Cornelio. La notte, era riservata alla prima festa danzante, animata da Banda Bispão. Bispão era amico di suo padre, erano cresciuti insieme seguendo i sentieri di Baixa Funda, dove cacciavano uccelli e preparavano trappole per catturare cavie. Il destino li trasportò su strade diverse, riservando incontri futuri.

Le luci colorate sul palco incantarono il ragazzo. I musicisti accordavano gli strumenti sul retro di un camion trasformato in palco. Tutto quel movimento sedusse il ragazzo che stava nell'assemblea.

Quando scese la notte, sul palco salì una bella mora con una piacevole voce roca e la musica di Zizi Possi invase la piazza Junco:

Fammi piccola, ala morena
Alleviami il dolore
Alleviando il dolore che uccide
Fammi essere il tuo amore...

Il cuore di Fernando andò in estasi quando una ragazza dagli occhi color miele lo abbracciò, e ballò con lui in quella notte di festa.

Occhi recriminanti li osservavano.

– Dove si è mai visto una cosa del genere? Il ragazzo ha fatto la prima comunione stamattina!

Fu Maria de Venância, una bella donna di colore, con un bel viso tondo ricoperto di ciocche di capelli bianchi, ad organizzare il viaggio al santuario della Nostra Signora di Candeias, dove in pochi giorni si sarebbero recati alcuni fedeli, tra cui la famiglia di Fernando.

Dona Maria si alzò la mattina del giorno del viaggio a Candeias. Scese dal letto, aprì con cautela la porta della camera da letto e ricevette una folata di vento freddo. Andò in cucina a preparare il caffè, approfittò dell'ora in cui l'acqua gorgogliava al calore del fuoco, per riporre le prelibatezze in appositi contenitori.

Tutto preparato la sera prima e ancora fresco. Saranno gustati durante il viaggio. In lontananza si sentiva il rombo del motore dell'autobus che si stava scaldando. Aprì la finestra e vide che c'erano molte stelle nel cielo azzurro e limpido, escludendo quindi, ogni possibilità di pioggia per il giorno successivo.

Da anni cercava di convincere il marito, della necessità di quel viaggio alla grotta della Nostra Signora di Candeias. Avevano bisogno di ripagare la promessa fatta quando Fernando, ancora un ragazzino, si ammalò. Il ragazzo tossiva molto, i vicini ipotizzavano, parlando sottovoce, che poteva trattarsi d'asma, bronchite o persino tubercolosi. Lo portarono dai farmacisti e dai medici, ma nessuna medicina poteva combattere quella tosse secca. Fu padre João Batista a suggerire una promessa alla Santa. Promisero di portare il loro bambino a bere l'acqua della fonte miracolosa, e con fede sarebbe guarito.

Il rumore del motore della vecchia corriera svegliò padre e figlio. Si alzarono e andarono incontro a Maria, che li aspettava con la tavola apparecchiata per la colazione.

– Alimentati bene, il viaggio sarà lungo e faticoso, ma ne varrà la pena.

Ogni anno ci sono persone che lì si recano per saldare le promesse con la Santa. Noleggiano l'autobus del Signor Mané e seguono la strada, cantando versi benedetti in un gioioso viaggio.

Maria de Venança è sempre la più animata. Ci vogliono poche ore per raggiungere il Santuario, laggiù, in fondo alla strada, c'è una grotta da cui sgorga l'acqua più pura e santissima, poiché attraverso di essa avvengono guarigioni del corpo e dell'anima.

Non appena i pellegrini arrivarono al Santuario, José Paulo si recò dal segretario della parrocchia e ordinò la messa. Accaddero tante cose durante il percorso della giornata. Maria insistette per partecipare alla messa celebrata dal frate Alberto Nozes, accompagnata da José Paulo. C'erano altri bambini in quel viaggio. I ragazzi rimanevano a giocare intorno alla chiesa, sotto la supervisione dei loro genitori.

– Buona giornata a tutti, andate in pace e il Signore vi accompagni. Disse, a mezzogiorno, il sacerdote, concludendo la celebrazione.

Maria dava per scontata la sua missione, con la certezza del suo dovere compiuto e la guarigione del ragazzo Fernando. Suo marito, invece, desiderava che tutto finisse presto; poi faceva parte del pacchetto viaggio, un bagno nella vicina Madre de Deus, dove c'era una bella spiaggia, un mare azzurro infinito e molti bar in cui le persone banchettavano con granchi e birre gelate. La certezza del divertimento in spiaggia riduceva le ore, così commentava José ai suoi compagni, e anche Maria sembrava sollevata e si sentiva felice con un po' di birra scura, la sua preferita.

Era una sensazione unica verso il figlio, il presentimento che sarebbe andato tutto bene.
Una pace inesplicabile lì accompagnò lì, mentre il mare soffiava in un presagio di giorni migliori.

Fernando guarì e la benedizione si estese al cielo di Junco. Venne la pioggia e un odore di terra calda mischiata ad acqua avvolse l'atmosfera e pose fine ai dieci anni di aridità. Pioveva a dirotto e l'acqua scendeva in un vortice verso la diga. Era la fine della lunga siccità a Junco.

Pochi giorni dopo, José Paulo si alzò presto: voleva andare alla Fazenda Baixa Funda. Tuttavia, sentiva una debolezza nei muscoli. Probabilmente era influenza. Aveva bisogno di vedere un medico e c'era solo assistenza il lunedì, il giorno del mercato a Junco. Forse nella farmacia di Zé da Perninha, un misto di farmacisti e professionisti della medicina potevano curarlo. Un antipiretico, molto probabilmente c' era in quello stabilimento pieno di di boccette e medicinali, con la fama di curare qualsiasi malattia.

Nonostante la febbre, le ore sulla strada per Baixa Funda non smorzarono il suo desiderio di tornare al lavoro rurale, nella piccola area di terra che aveva ereditato. Era un po' distante da quella in cui era nato e cresciuto, così come tutti i suoi fratelli, nella casa padronale. L'ostacolo era la siccità che affliggeva il Sertão. L'anno infame del 1961 era solo una nuvola nera del passato di miseria e sofferenza che più volte perseguitava i sertanejos.

Solo ora José Paulo sentiva che sarebbe tornato al lavoro rurale e questo era il suo desiderio. Non era più stato in quella regione da quando aveva lasciato Junco, fuggendo dalla siccità su un camion scomodo pieno di illusioni e sogni, in quell'anno in cui Junco sembrava voler occupare un posto all'inferno, da quanto faceva caldo. Solo ora sentiva l'impulso invadere la sua anima, si sarebbe dedicato alle attività rurali, sì è il tuo destino lavorare la terra pensava.

"La terra è sempre terra" gli disse suo padre, Aristeus, l'eroe del luogo.

Scava la terra, pianta i semi, concima, pulisci, concima ancora, raccogli i fagioli, distendili ad asciugare al sole e aspetta la notte di luna piena per farne abito, innaffia di cachaça e di canzoni popolari:

> *"Coraggio, coraggio,*
> *Oltre la paura...*
> *Coraggio".*

In mezzo al cammino, c'era una casa, a lato della strada, apparteneva alla nera Ester, nipote di schiavi.

A ottant'anni non aveva più le forze per i duri lavori della vita di campagna. Le sue gambe non rispondevano più al desiderio di stare in piedi. Si sentiva vecchia e annoiata. Passava le serate a guardare il sole tramontare dietro gli alberi di Jaqueiras dietro la casa e quando veniva la notte e i suoi misteri, recitava il rosario per allontanare la paura, e faceva riposare il corpo pesante di una donna che aveva dato alla luce diciotto bambini, in un letto in tondo di ceppi, ricoperto da un materasso di paglia di erba secca. Ogni volta che sembrava incinta, suo marito le chiedeva; – dammi un figlio maschio, è meglio per aiutarmi nei campi. Suo marito se n'era andato e lei sentiva che il suo momento si avvicinava.

Esther era una cliente del mercatino di alimentari di José Paulo ed era seduta su una stuoia fatta da lei stessa con la paglia di licurizeiro.
Le piaceva immergersi nei ricordi e questo era salutare per José Paulo e Fernando, che osservavano Dona Esther con il precetto che lei fosse al di là delle cose più comuni del luogo. Per lui, una donna di quell'età conosceva le storie e i fatti del mondo.

– Eh! Sei il ragazzo di Aristeu? – disse la vecchia, con un sorriso simpatico, strizzando gli occhi per vedere meglio José Paulo.

– Si sono io! – rispose affettuosamente José Paulo.

– Beh si. Sarò molto anziana e debole, ma se ti dico che mi ricordo di tuo padre quando voleva andare nella foresta, vedrai che ho una buona testa.
Disse Dona Esther, battendosi con l'indice la testa.

– Oh! È incredibile che si ricordi così bene.

– Tuo padre era un brav'uomo ed è per questo che siete tutti bravi ragazzi. Ricordi quando tu e i tuoi fratelli avete dato fuoco a quei ciuffi di macambira? Fu un spavento, perché il fuoco si infuriò.
Tuo fratello, il più audace, sai?

– Israel? – azzardò José Paulo, stupito di ciò che aveva appena sentito.

– Perché è stato lui a nascondersi sotto la mia gonna quando tuo padre è comparso per prendervi per le orecchie.

José Paulo ne rimase meravigliato, gli tornarono alla memoria le immagini di quel giorno lontano. 'Che memoria fotografica ha questa donna!' pensò, molto sorpreso, per la capacità di Dona Esther di ricordare questi episodi passati.

Poco dopo, e bevendo più di una tazza di acqua fresca dalla brocca, salutò gli abitanti della casa e baciò dolcemente il bel viso di Dona Esther, incorniciato da lunghi capelli bianchi avvolti in un ciuffo. Anche Fernando salutò timidamente, un po' ipnotizzato da quella signora piena di vita e di storie.

Continuarono a camminare mentre donna Esther fissava l'orizzonte, fumando la sua pipa, piena del tabacco tritato che l'amico aveva portato per lei.

Sulla strada per la proprietà, incrociarono un uomo che veniva nella direzione opposta, tirando un mulo per la cavezza: sul dorso dell'animale c'era un giogo con attaccate due botti, una per lato per dividere il peso. L'uomo andava a prendere l'acqua dalla diga per farla bere alla sua famiglia.

Anche José Paulo toccava il mulo, che si chiamava Ouro Russo, e portava sul dorso un centinaio di piantine di cajueiros nei cacuás attaccati al giogo – sarebbe stato il primo compito nella ripresa delle attività: fare una piantagione di cajueiros (anacardi) Cento piedi che producono. Fece il conto, avrebbe raccolto abbastanza castagne da vendere al magazzino.

Un sorriso gli illuminò gli occhi e Fernando poté vedere i denti forti di suo padre. José Paulo era contento come lo era il giorno in cui raccolse dieci castagne dal deposito di suo padre e le piantò nel cortile di casa sua, nel giardino di fagiolini.

Nacquero dieci alberi di cajueiros e le formiche ne abbatterono due, ma questo non gli impedì, qualche anno dopo, di raccogliere gustosi frutti gialli dagli altri otto cajueiros. José nutrì i maiali con cajueiros e lasciò le altre, per una notte, in ciotole di acqua fresca in modo che la mattina dopo, diventassero più pesanti. E prima che il sole si incaricasse di riscaldare la mattina con i suoi raggi ardenti, le castagne venivano imbustate e portate al commercio nel magazzino del cugino João.

Un suo amico, figlio del vicino di proprietà, pensava di poter guadagnare un po' di più e metteva dei sassi nel sacco con le castagne.

João Vieira, il proprietario del magazzino, sospettò il peso eccessivo e rovesciò il contenuto della borsa sul pavimento sporco. Raccolse le pietre e andò subito a dire al padre del ragazzo cosa era successo.

Il signore Vicente, un uomo onorato e rispettato in città, fece un predica al ragazzo e per punizione lasciò libero il suo uccellino, un bel fringuello, che prima di prendere il volo, cinguettò una melodia triste.

Tristi erano anche le mattine del ragazzo quando non sentiva più il canto del suo fringuello che proclamava il suo dolore. Il dolore maggiore era dell'assum

nero che ha avuto i suoi occhi trafitti quando è stato cat-
turato:

" Assum nero,
cieco degli occhi,
non vedendo la luce
Ai! Canta meglio...".

E il ragazzo udì canti immaginari che, a volte, erano del suo fringuello che cantava venti vius e, altre volte, del Re del Baião, che cinguettava, lontano, lontano…

Lontano era anche il ricordo che aveva Josè Paulo, degli otto alberi di anacardi che gli davano frutti gustosi; con gli avanzi sfamava i maiali, altre castagne vendeva nel magazzino del cugino, ma sempre ne riservava una piccola quantità da arrostire nel cortile di casa per mangiare insieme alle sue sorelle.

La pioggia aumenta il ritmo, bagna i vestiti attaccati al corpo e lava l'anima. L'acqua piovana lava anche le foglie degli alberi.

— Sveglia ragazzo, vai a raccogliere cajus da dare ai tuoi maiali. Bada, i frutti del' anacardi quest'anno daranno denaro.

Raccontò a suo figlio di quelle giornate.

I vecchi alberi di cajueiros (anacardi), chi sa, sarebbero ancora lì? Lo avrebbe portato a vederli, un giorno. Tutto sembrava più chiaro in quelle mattinate.

Il padre, circospetto, vegliava sui fratelli e sulle sorelle che, liberi dalle faccende domestiche, giocavano in cerchio, si rannicchiavano ridendo con pettegolezzi, o si truccavano il viso, badando a non sembrare donne di vita.

Il vecchio Aristeo acconsentiva, sapeva che una donna doveva avere la sua vanità, non voleva essere uno sciocco come era stato suo padre.

– Tutte le cose che ti dico, figlio mio, fanno parte di te. Ecco perché è bello ascoltare il passato, perché un giorno ne avrai uno da raccontare anche ai tuoi figli.

Già aveva passato molto tempo, lontano da quella terra dove tutti erano cresciuti. Quell'antica terra sulla Fazenda Baixa Funda, la cui storia di famiglia iniziò con l'arrivo dell'antenato Paulo Vieira de Andrade, arrivò a Junco nel remoto anno 1875, proveniente da Bom Conselho, rispondendo alla chiamata del suo amico, João da Cruz. Questo Paulo Vieira, che era il nonno di Aristeu, il Galego, e bisnonno di José Paulo, Israel, Fernando, Juvêncio e tutte le ragazze e gli altri fratelli.

L'ultimo che tentò di tenersi la terra fu Juvêncio, di ritorno dalla sua avventura nel sud. E la luce tornò a splendere in quella casa, ora con tovaglie bianche allineate ai tavoli, piante in vaso, felci piangenti e felci appese sui portici che decoravano l'ingresso della casa, alberi di buganvillea che si arrampicavano sul cancello e su balcone, all'ombra del piede dell'albero di flamboyant, la sedia a dondolo del vecchio Galego, debitamente restaurata, dove alla fine dell'ennesima giornata di lavoro rurale, Juvêncio ondeggiava con lo sguardo perso all'orizzonte, guardando un'altra giornata che finiva col tingere di scarlatto il cielo.

Juvêncio, come suo padre, aveva fatto dieci figli e, non contento, ne inventava uno in più per superarlo. Undici figli, undici bocche da sfamare e ventidue braccia per aiutarlo nel lavoro nei campi: piantare erba per il bestiame, portare il bestiame ad abbeverarsi nella diga, mungere le mucche per ottenere il latte, prendere il latte per venderlo al mercato.

C'era tanto lavoro, quindi, tanta vita, perché quella terra aveva visto tante gioie e tanti dolori.
Tanto sudore e tante lacrime. E lì, la vita era tornata e Juvêncio si accontentava di pensare a suo padre, e a tutti quelli che erano vissuti lì. Ora era il responsabile, doveva far sì che quella storia continuasse. Il suo desiderio era quello di vivere sulla Fazenda Baixa Funda fino alla fine dei suoi giorni. Ci pensava dal giorno in cui era tornato nella proprietà sulle rive della diga. Lì ha amato la sua compagna, lì sono nati i suoi undici figli. In quelle terre era di nuovo felice e si sentiva un uomo libero e forte.

A Juvêncio non piacevano le grandi città, gli

rubavano i figli, uno per uno. La grande città prese anche sua moglie, agonizzante in un letto d'ospedale nella capitale. Il dottor Guga, il medico del municipio, non potè fare nulla per lei, tanto meno il dottor Linaldo, ad Alagoinhas, che la indirizzò a Salvador, internandola in un ospedale privato. Lì Juvêncio fu costretto a compilare un grosso assegno, come acconto, completato da un terzo, nell'amministrazione finanziaria del mercato ospedaliero.

Con il ricovero della moglie nel capoluogo per cure sanitarie, Juvêncio si vide obbligato a fissare la residenza presso la sede del municipio. Acquistò casa e la arredò. Non aveva più figli in sua compagnia, che lo aiutassero nelle faccende quotidiane, e con la salute cagionevole della moglie, le sue spese aumentavano vertiginosamente.

Juvêncio lottò fino all'ultimo per cercare di riportare in salute la moglie, in una feroce lotta tra nuvole bianche. Come suo padre, rimase vedovo. Alla fine del ventiseiesimo giorno, la compagna di Juvencio, madre dei suoi undici figli, morì per insufficienza multipla degli organi.

Juvêncio era solo, miseramente solo come lo era stato
il giorno in cui aveva pensato di cedere la proprietà.
Non voleva né poteva, tuttavia non trovava più il
modo di mantenerla senza compromettere la fattoria.
Sarebbe stato costretto a venderla.

Dapprima cercò i fratelli sparsi in tutto il Brasile ma proprio per questo non mostrarono interesse per
la proprietà, pur legata alla storia familiare.

Gli unici fratelli a vivere a Junco erano José Paulo e
Israel. José Paulo, però, non poteva permettersi la cifra
necessaria, poiché stava costruendo una nuova casa
dove si sarebbe trasferito con i suoi due figli, Fernando
e il più piccolo, appena nato. Israel viveva una vita di
divertimento, bohémien da baldoria omerica.

Ben vestito e sempre in buona compagnia, spendeva
soldi e tempo in corse di cavalli e frequentava case ele-
ganti. Si era impegnato, a San Paolo, con i sindacati e, a
Junco, con la politica locale, che prese tutto il suo tempo, le sue preoccupazioni, consumando i suoi soldi.

Nessuno dei due fratelli era in grado di rilevare la Fazenda Baixa Funda e di occuparsi del mantenimento
della storia della famiglia.

Quando si avvicinò un interessato, Israel andò a parlare urgentemente con il fratello Juvêncio.

— Non puoi vendere a chiunque, Juvêncio!

— Vendo a te. — rispose Juvêncio — Potrei la-
sciarti se non avessi una vita così spudorata!

— Non parlarmi con quel tono — rispose Israel, offeso.

— Tu e José Paulo non potete tenere questa terra. Io che la conosco, io che l'ho amministrata, ora non posso più. A proposito, stiamo parlando anche di soldi.

– E la nostra storia? Cancelliamo tutto per soldi?!

– Chi ha memoria conserverà la nostra storia. Non posso fare altro.

Pochi giorni dopo fu trasmesso l'atto, regolarmente trascritto nell'ufficio del notaio come previsto dalla Legge, Juvêncio consegnò le chiavi e si ripromise di non mettere mai più piede in quella casa. Varcò il cancello e pensò: 'quando metti piede per strada, non ti guardi più indietro'.
Fuori dal cancello Israel e José Paulo guardarono la Fazenda Baixa Funda come si guarda una nave in partenza, mentre Juvêncio proseguì risolutamente senza voltarsi indietro. E lì non tornarono finché un giorno arrivò a Junco un parente entusiasta.

Era sabato mattina, c'era il sole a Junco quando Café incrociò la linea immaginaria che entra in un luogo, attraversando il ponte reale, dove un tempo c'era il lago che ha dato il nome a questa terra. C'era anche un pascolo – la Malhada da Pedra – e infine il vecchio serbatoio, dove tutti imparavano a nuotare stando in equilibrio su un tronco galleggiante, l'ultimo ricordo di un albero chiamato mulungu. Café, cugino di Fernando, figlio di una sorella di José Paulo, viveva nel Sertões di Pernambuco ed era in vacanza nel Nordest.

Decise di fuggire dalla sua strada per entrare a Junco e visitare la sua famiglia, o almeno ciò che ne restava. Café si dipartiva da Junco, quando era ancora un bambino, aveva appena lasciato l'odore di piscio nel pannolino. Ruppe le barriere, ma non tagliò le radici che lo tenevano legato alla sua terra natale. Radici radicate in questa terra e fecondate dalla nostalgia che sempre leniva il suo cuore sertanejo.

Fernando chiese a suo padre se potesse accompagnarli alla Fazenda Baixa Funda, poiché suo cugino avrebbe voluto fare una registrazione fotografica della casa dove aveva vissuto il vecchio Aristeu e dove era nata sua madre. Lì nacquero i dieci figli del vecchio Aristeu e D.Tereza. Dieci cuccioli, dieci ombelichi sepolti nel recinto del bestiame, dieci bocche da sfamare e venti braccia per aiutare il vecchio ad occuparsi dei terreni della Fazenda Baixa Funda, sulle rive della diga municipale.

– Andiamo zio, dimentica tutto questo rimorso. Il pernambucano volle conoscere parte della storia della sua famiglia, della sua gente, dove tutto ebbe inizio, dove sono sepolti gli ombelichi di tutti i figli di suo nonno, nonché di tutti i suoi cugini, figli di zio Juvêncio. Ah, Juvêncio, che fatica conservare questa proprietà!

– Non lo so, disse pensieroso José Paulo.

– È meglio lasciare le cose come stanno.

Era abbastanza difficile accettare che quella terra non ci appartenesse più. Non so se dovrei rivederla ancora.

Fernando guardò supplichevole suo padre, e lo stesso José era sembrato da tempo incline a fare quella visita.

Seguirono in moto fino alla diga comunale e da lì camminarono lungo la strada sterrata, dove i membri della famiglia erano soliti abbeverare il bestiame, prendere il latte al negozio di Josias Cardoso, andare in strada per le messe mensili e la festa del patrono della Madonna dell'Amparo di anno in anno.

C'erano anche le sante missioni, e il lunedì, il giorno più affollato a Junco, era il giorno della fiera.

Tutti vagavano lungo questa strada. E lungo questa via, Fernando e Café conversarono animatamente fino a fermarsi per scattare fotografie senza rendersi conto però, del peso che portava José Paulo: il peso della nostalgia che si faceva sempre più importante nella sua testa. Il peso aumentò quando videro la vecchia grande casa.

José Paulo non potè fare a meno di sentire il suo cuore in gola. Come un film in bianco e nero proiettato in un vecchio cinema, tutti i ricordi emersero.

– Non entro. Non oltrepasserò questa barriera. È tutto così vivo e doloroso. È la barriera del tempo.

Del mio tempo! Scavalcò il cancello, divorato dall'azione vorace degli anni, e lì rimase, con lo sguardo fisso nel vuoto, a guardare la sua vita scorrere come nello specchietto retrovisore dell'auto che li aveva accompagnati. Lì aveva vissuto la sua infanzia e la sua adolescenza. In quella terra aveva piantato fagioli e mais. Lì è cresciuto con i suoi fratelli. Parte della sua storia è stata costruita su quella proprietà e non c'era modo di cancellarla.

L'albero di juazeiro piantato da sua nonna è ancora lì in attesa di essere curato, l'albero di flamboyant fiorito di un rossastro triste non assomigliava affatto al tempo in cui Aristeu aspettava che il sole tramontasse sulla sua sedia a dondolo nel tardo pomeriggio, sbuffando fumo da una sigaretta di paglia. I pilastri in legno non potevano più sostenere il peso del tetto, a causa dell'azione delle termiti.

Sui muri sudici e sporchi ci sono i segni degli anni che lo fanno crepare come solchi nella terra grezza. Alla congiunzione della pavimentazione in mattoni pesanti e squadrati, le erbacce vengono irrigate dall'acqua che sgorga dalle falle sul tetto nei giorni di pioggia. La casa è in rovina. Il nuovo proprietario non ci abita, abita in città e non ha alcun legame con il suo passato.

José Paulo chiamò i ragazzi. Non ce la faceva più a stare seduto lì su quel cancello. Non che la posizione fosse scomoda per lui. Il disagio risiedeva nel testimoniare tutta quella situazione di abbandono e di dolore. È vero, è molto doloroso vedere la tua storia essere divorata dall'azione spietata del tempo, devastando un intero passato di gioia, amore, lotta, lavoro e vita.

Il tempo era implacabile e trasformava tutto in un futuro di abbandono e dolore.

– No, non verrò più qui. Mai. Non posso fare a meno di nutrire i fantasmi che abitano questo spazio.

Tornarono in città. Café portava le foto, Fernando la colpa e José Paulo i dolori della memoria.

Quel senso di colpa era molto forte e violento in Fernando. Non avrebbe mai dovuto portare suo padre a visitare la Fazenda Baixa Funda. Provò rimorso per averlo fatto. Aveva bisogno di uscire per dare aria ai miei pensieri.

La notte era di luna piena e il cielo era limpido. São Jorge regnava sul suo cavallo bianco, sempre pronto a rispondere ai richiami e a richieste. Fernando trovò il suo amico Jonas, con il quale era solito conversare. Si diressero a un tavolo dell'Oca Toca, il bar più vivace della città. Jonas chiamò Zé Grosso, il proprietario, e chiese della birra.
Anche qualche spuntino perché vide che Zé Grosso stava banchettando con una coscia di pollo arrosto.

Andare alla Fazenda Baixa Funda con i discendenti del signor Aristeu non era interessante, ma a tutti piaceva andare all'Oca Toca. Fernando era un habitué del bar. Imparò a convivere con la notte e i nottambuli durante le sue costanti presenze all'Oca Toca Social Club. Suo padre era amico di Zé Grosso da quando accendeva il motore della luce, all'epoca in cui Junco era illuminato dalle sei del pomeriggio alle dieci di sera da un generatore diesel ed era il festaiolo Zé Grosso ad accenderlo e spegnerlo.

Nelle notti di festa, era un tale chiedere chiedere al vecchio trombettista, con promesse di birra in abbondanza agli eventi che si svolgevano, a volte nel Matadouro Municipale, a volte nella vecchia piazza polverosa, quando i musicisti suonavano sul retro di un camion. Nella notti all'Oca Toca, Fernando si stancava delle infinite partite a dama o a carte, nel giocare a burraco. Erano notti festose e felici. E c'erano balli e c'era musica. Lì iniziarono le prime conoscenze con le ragazze.

Quelle erano le serate di festa all'Oca Toca. Notti diverse, di avventura. Come quella in cui dipinsero le strade di Junco durante una scampagnata notturna.

– E' il progresso che arriva – diceva Zé Grosso ai frequentatori del suo locale notturno.

– Ah! E cosa può portare il progresso in questo luogo?

Questo posto: Il Junco. Il Junco era incastrato dentro un buco, una grotta, un terreno accidentato. Barrocão do Junco, dove i ragazzi andavano a raccogliere l'argilla tauá, dopo la casa di Tobé, per fare i giocattoli e cuocerli nella ceramica di Durval de Lolô. Il Junco era incastonato in una pianura dove l'acqua piovana defluiva nell' Tanque Velho, dove tutti imparavano a nuotare galleggiando su un tronco di mulungu. Il vecchio serbatoio: è lì che è iniziato tutto. Lagoa das Pombas, Malhada da Pedra e Tanque Velho.

Sono tre le strade che portano lontano da Junco e riportano indietro la gente, in questo folle andirivieni sfrenato. C'è chi viene per restare e chi va avanti per sempre, come nella musica. C'è chi ha il coraggio di tagliare le radici e chi non riesce a spezzarle. C'è chi viene a trovarci e resta, come Zé Dedão, che approdò qui a bordo della sua Chevrolet Veraneio nel 1968. Stanco del periodo in cui prestò servizio nel paese come ufficiale dell'esercito brasiliano, decise di cambiare il suo fucile pesante con una chitarra, cantò canzoni al chiaro di luna e incantò una Cruz, Lira Cruz, discendente di João da Cruz, con la quale si sposò e fondò una locanda: l'Hotel Socado. Lira era un discendente di João da Cruz, il primo uomo a mettere piede sul suolo di Junco. Zé Dedão arrivò sulla Ladeira do Corte Grande, che offriva una bella vista sulla valle all'alba, e che portava anche i sogni di chi riusciva ad abbattere le radici. Anche di quelli che avevano avuto l'ombelico sepolto nel recinto del bestiame sul retro della grande casa della fattoria dove nacquero o crebbero. L'ombelico viene seppellito nel recinto del bestiame, affinché si tolga la paura della notte e perché non si spenga la fiamma del mantenimento dei tanti pascoli. Ma non fu su questa strada che João da Cruz arrivò qui da Bom Conselho, portando sul dorso del suo asino Roxa Preta il sogno di libertà e il desiderio di diventare un contadino, allevare bestiame e uccidere i giaguari, perché i giaguari sono i peggiori nemici degli allevatori.

Quando João da Cruz arrivò qui, piantò una croce sulla montagna più alta per delimitare il suo territorio. E su questo versante, sulla Ladeira do Cruzeiro, anno dopo anno, tutti gli uomini di Junco salgono in processione, il Giovedì Maggiore, tenendo nella mano destra un cero acceso, chiedendo al Sacro Cuore di Gesù che quando scioglieranno tutta la paraffina anche tutti i peccati del mondo verranno perdonati.

Era il tramonto dell'ultimo anno di dipendenza politico-amministrativa di Junco, poiché c'era già un movimento intorno all'emancipazione del luogo, un anno di grave siccità, il sindaco di Inhambupe stava cercando una località dove prelevare acqua.
Alcuni pensavano che fosse una follia assurda scavare per acqua e altri pensavano che la gente di Inhambupe volesse scappare da Junco perché nel momento in cui quella vasca fosse stata riempita, ci sarebbe stata così tanta acqua che il posto sarebbe inondato.
Tuttavia, cercando e scavando, scoprirono il petrolio.

Gli uomini della Petrobras vennero a studiare il caso e si stabilirono lì, portando movimento nelle strade.

Ma non c'era spazio per far viaggiare i mezzi della compagnia così gli uomini aprirono radure e fecero un'altra strada, questa volta larga, per auto e camion, non come quella che un tempo serviva solo per portare il bestiame e per il transito di carri trainati da buoi.

Il sindaco di Inhambupe, continuando la ricerca con insistenza, iniziò a scavare una vasca, approfittando della nuova strada e raggiunse Baixa Funda, dove ordinò di scavare più di un terrapieno; bordo di un camion, parlò con tutta la gente nella piazza polverosa si era radunata:

– Cara gente di Junco, questo lavoro sarà di grande importanza per questo luogo. Con quest'acqua allevieremo le sofferenze provocate dalla siccità.
Il bestiame avrà un posto dove bere acqua. Questa presa d'acqua apparterrà a tutti, a tutti voi.

E così, tutte le persone in pellegrinaggio camminarono tantissimo per raggiungere la Fazenda Piedade, vicino alla vasca, seguendo la nuova strada. Gli uomini a turno caricavano la pesante croce di legno che si trovava sulla sommità del Morro da Piedade, dove fu portata la Croce.

Ci sono tre salite: Ladeira do Corte Grande, Ladeira do Cruzeiro e Ladeira de Coló. Ci sono tre strade invece, che ti fanno partire ma che non ti portano mai più a casa. Ma ci sono quelli che perseguono lo sfrenato avanti e indietro. Solo chi, un giorno ha dovuto lasciare Junco ed è stato costretto a rompere le barriere, e a tagliare le radici che lo legavano a questa terra, prova questi dolori e questi sapori. Saudades.

La grandezza di una nostalgia. Nostalgia di tutto e tutti. L'odore della terra, le giornate di pioggia, i temporali e la siccità. Dal cibo della madre, dalle prediche del padre e dall'affetto di entrambi. Degli amici, che chiacchieravano nel tardo pomeriggio, nelle prime ore del mattino sul marciapiede della Chiesa a suonare la chitarra, bagni nel vecchio serbatoio e nella vasca, della pesca, tracce di uccelli con botole, trappole per catturare quaglie, zabumba per catturare cavie e conigli. Rompi le barriere. Taglia le radici.

Tagliare le radici era ciò che si aspettava chi voleva vedere il mondo. Rompendo la barriera di Ladeira Grande. Ed è a Ladeira Grande che, un sabato sera movimentato, alla festa della patrona, la Nostra Signora di Amparo, apparve un uomo con un baule di sogni e novità. L'uomo arrivava da lontano, dalla periferia di Vitória da Conquista, e piantò la sua tenda nella piazza, proprio di fronte alla Chiesa.

L'uomo sapeva molte cose. Sapeva, per esempio, che a messa finita, tutto il popolo di Dio sarebbe dovuto passare davanti al suo bazar dei tempi nuovi. L'uomo aveva una macchina fotografica in valigia. No, non era un ritrattista come il vecchio Apolonio che lavorava il lunedì, giorno del mercato di Junco, dalla sartoria del signor Nanu.

L'uomo del nuovo tempo aveva una tenda fotografica. Lui aveva il potere dell'illusione, sapeva conquistare i clienti e perpetuare momenti in immagini, conservate ordinatamente nei ricordi fotografici di tutti i junquenses partecipanti alla festa in onore di Nostra Signora di Amparo, quel sabato sera.

La mattina dopo, appena i primi raggi di sole scaldavano Junco, l'uomo partì, con il mezzo del signor Mané, per incantare altri abitanti di altre città nel suo eterno cammino, portando nel suo bagaglio uno scrigno di sogni e novità.

Ma novità davvero, presentate anni dopo da lui stesso, Pedro Costa, divenuto fotografo ufficiale del luogo. "Fotografie in generale". Era ciò che era stampato sul cartello davanti allo stabilimento "Fotos São Pedro". I residenti di Junco erano i clienti abituali del fotografo. Esattamente con il suo modo lento, era sempre alla ricerca di eventi mondani, matrimoni e battesimi da fotografare. I compleanni non potevano-dispensare delle sue registrazioni. È così che costruì la sua carriera, godendo di prestigio e rispetto nella comunità. Ovunque ci fosse un evento, c'era Pedro con tutto il suo armamentario, perpetuando i momenti nelle foto, per la gioia della gente di Junquenses.
Non dimenticava mai l'appuntamento, non ha mai lasciato un cliente inascoltato.

Ma colui che non dimenticava l'appuntamento, era Fernando. All'ora prevista si trovava nella hall di un famoso hotel della capitale Bahiana in una calda mattina d'estate, per partecipare ad una riunione di classe. In programma anche una gita a Cidade do Ouro, in compagnia di Araújo, nonostante quest'ultimo fosse malato.
Per coincidenza, Fernando incontrò nella hall dell'hotel il suo amico Alfaya. Conversarono con passione.

Riaffioravano tempi vissuti, ricordi di un passato libero di un ragazzo che correva sulle pendici di Junco e che aiutava il padre in drogheria. Ascoltando storie da oltre São Francisco, dall'altra parte di Bahia.

Fu così che Fernando non esitò ad accettare l'invito dell'amico Alfaya. Prolungare il viaggio, da Jacobina a Juazeiro da Bahia; per poi proseguire insieme fino a Juazeiro e Petrolina, separati del Velho Chico e uniti dal ponte D. Pedro II.

La mattina dopo, il forte sole del sertão riscaldava le acque del Velho Chico. Gli amici passeggiavano lungo le rive del fiume, osservando le case in rovina. Edmundo, ospite di Alfaya, uomo sensibile ai dolori del mondo, vide un gruppo di persone fare il bagno nelle calme acque del São Francisco.

I loro volti erano bruciati dal sole e i loro vestiti erano stracci. E Fernando sentì un'enorme nostalgia invadere la sua anima. Nostalgia dei suoi luoghi, della sua terra nativa. Mi manca Junco. Pensò che gli sarebbe piaciuto essere un poeta e scrivere una poesia in omaggio ai suoi luoghi. I poeti vivono in un altro mondo. Creano il loro mondo. Il mondo delle parole. Le loro parole e il loro stile.

È impossibile non lasciarsi trasportare da un buon libro di lettura lieve. Lettera per lettera. Una frase sciolta qua e là. Parole vere e forti. Una dopo l'altra. Gli occhi del tempo. L'autenticità e la questione dell'essere così. Le poesie assumono toni e forme. I versi inviano allegri siluri e la musicalità delle rime pavimenta strade letterarie. Dalla prima riga all'ultima parola, poco cambia nel suo percorso, nonostante tutta la cura con cui i poeti brindano ai loro lettori. Alcuni di loro riescono ad essere perseguiti dai testi che nella loro mente vengono riabilitati sotto forma di poesia, piena di semplici interpretazioni.

Ci sono autori che riescono a diffondere i propri messaggi raggiungendo i propri obiettivi in modo sottile e diretto. Leggere poesie significa fare in modo che il tempo investito nella lettura sia sempre utile.
Così pensava Fernando. E scrivi? Poi si ricordò le parole di suo zio Israel, quando era ancora un bambino:

– Leggi sempre, figlio mio, perché chi legge ne sa di più! Leggi tutto, anche i segnali stradali e impara, soprattutto, a leggere i volti delle persone.

Spese tempo e carta cercando di scrivere una poesia in cui potesse esprimere tutti i suoi sentimenti per la sua città.

Quella mattina, sulle rive del São Francisco, Fernando scarabocchiò poche parole e telefonò a un lontano amico recitandogli il componimento nella freschezza del momento: Il Vecchio Junco.

Il Vecchio Junco
non si adatta nel corpo della terra.
Non si adatta
nel corpo di Bahia.
Non si adatta
nel corpo dell'uomo.
Misure amorfe
che risiedono solo nel cuore.
il sangue che scorre
il verso che nascerà.

Il paesaggio sertanejo,
Acqua e cespuglio,
Cammino e silenzio,
Il tempo passato nel villaggio.
L'anima lavata,
Il profumo del rosmarino,
Le stelle,
Un cielo azzurro e limpido.
è il cammino dell'andata,
Senza nessun ostacolo per ritornare
Esperienza indescrivibile,
Libertà benedetta,
Storia d'amore e di dolore. Cantata in prosa .
Vissuta in verso.

L'amico, ascoltò stupito la lettura, alla fine riassunse tutta la sua emozione in una breve frase:

—   Che   cosa   poetica   è   l'interiore!
E così Fernando fu in grado di riprodurre su carta tutti i suoi sentimenti.

In effetti, Fernando era innamorato di Junco. La tua terra. A Junco si sentiva al sicuro, era il suo posto. Pensò di non rompere mai le sue radici. Non voleva rescindere le barriere. Voleva sposarsi e continuare a vivere a Junco. Avere figli e crescerli a Junco, come suo padre e suo nonno.

A Fernando piaceva Junco, e ancora di più la sua vita vissuta in quel luogo. Tempo di raccolto ricco. Nostalgia di tempo da rivivere, come quella notte, festa di San Giovanni, quando giocò con quella ragazza che amava le feste e che gli baciò la guancia e gli promise che un giorno, sarebbe stato il suo ragazzo. Gli piaceva Junco. Ma ciò che ancor più gli piaceva era Cristiane. Era Cristiane che desiderava come moglie, una compagna che potesse riempire le sue lunghe giornate con notti buie. Era un uomo solo nella moltitudine.

Come nel testo del bolero di Rafael Hernandez, sono passati dieci anni senza che Fernando vedesse gli occhi color di jabuticaba di Cristiane. Non era più il ragazzo che, una sera a una festa, era rimasto incantato da quella ragazza dalla pelle chiara come la lana delle pecore nel campo di suo padre.

Commerciante nel settore del secco e dell'umido, con un punto vendita moderno e all'avanguardia. Il migliore di Junco. Emporio Junco. Fernando viaggiava in tutto il paese alla ricerca del meglio per il suo negozio, in occasione di fiere e convegni.

Anche se proprietario di una casa commerciale senza alcun legame con il mondo dei libri, questo non gli impedì di continuare a leggere e, negli anni, di stringere amicizia con personalità di rilievo nel mondo dell'arte e delle lettere.

Quello che Fernando non riusciva a capire era

perché vedesse sempre un viso, lo stesso viso ovunque. Il volto di quella ragazza, che vide una volta in una fredda notte a una festa di giugno, riscaldata dal fuoco, quando la brezza portava lontano le nuvole e la luna splendeva sotto un cielo scintillante, rimase impresso in maniera indelebile nella sua testa.
E così passarono dieci anni.

Mattinata di sole a Junco, squilla il telefono dell'emporio. Una voce di donna, invita Fernando ad un evento nella capitale dello stato. Invito accettato. Giunto a Salvador, decise di andare al centro commerciale e, per caso, per puro caso, si ritrovò faccia a faccia con Cristiane, che stava camminando libera, bella e sciolta. Un incontro fugace, dal sapore d'infanzia e di speranza.

Giorni dopo, quando il dì appariva all'orizzonte annunciando una calda mattinata di sole a Junco, Fernando si alza per la sua corsa quotidiana e nota che c'è qualcosa sotto la porta. Si china per prendere la busta. Visto che era solo in casa, decide di leggere la poesia ad alta voce, come per farla sentire a se stesso:

Amore,
dubbi,
Desiderio,
Promesse di paradiso.
Dopo i sogni,
Dopo le risate ...

– Il finale del poema di Menotti del Picchia io non leggerò mai.

Era una carta di Cristiane. A passeggio per Junco in visita ai suoi famigliari. Decisero di incontrarsi di notte nel vecchio e carino bar Oca Toca.
Chiacchierarono allegramente, raccontarono ciascuno la propria vita, le avventure, i loro viaggi, gli appuntamenti, i loro sogni e i loro progetti futuri. Fecero piani per nuovi incontri. Si incontrarono ancora e ancora. Momenti dal sapore d'infanzia.
Emozioni dal falò di quella notte di festa. Si ricordarono di quel bacio, quando la ragazza gli baciò la guancia e gli promise che un giorno sarebbe diventata la sua fidanzata. Si frequentarono per sei mesi, mesi di intensa passione e resa. E così Fernando e Cristiane riuscirono finalmente ad unirsi. Furono benedetti da Dona Maria, la mattina del grande giorno: – E che nessuna forza umana possa separare ciò che Dio ha unito.

Si sposarono con una bella cerimonia alla Fazenda Dois Imãos. Riunirono gli ospiti all'aperto in una tranquilla mattina di primavera quando la coppia venne benedetta. E mentre gli invitati mangiavano liberamente, i promessi sposi proseguirono il loro viaggio verso Natal, la capitale dello stato del Rio Grande do Norte, dove per una settimana si divertirono a nuotare in un mare di acque verdi e calme, a scendere dune a bordo di bugres, a bere acqua di cocco e a mangiare la tapioca con i gamberetti.

A camminare nella notte sorridendo – lontani

da Junco – nelle notti nataline, attraverso una città dove la notte è cosmopolita, dove la notte è fatta per essere vissuta.

Gli anni vanno e vengono come le pagine di un libro e chi ha un libro tra le mani non è mai solo.

Il tempo costruisce il passato e delinea il futuro e ciò che rimane sono le persone, le loro storie, le loro creazioni e i loro legami consolidati. Ricordi di ieri e aspettative di domani. Il domani è fatto di sogni, piani, progetti. E uno dei progetti di Cristiane era rimanere incinta prima dei venticinque anni. Voleva essere madre quando era ancora giovane e poter seguire, con vigore, l'intero sviluppo della sua prole.

E così, quando Cristiane si accorse dell'assenza del ciclo mestruale, fu invasa da una sensazione mai provata prima. Era incinta, ne era sicura, e corse al telefono per avvertire Fernando. Accettarono di andare dal dottore la mattina dopo, volevano solo avere certezze ambulatoriali, perché quella istintiva, questa, Cristiane l'aveva già. Sarebbe stata una madre, sì! Non appena i risultati in Junco confermarono la gravidanza, Cristiane, ricevette la visita di un'amica con un regalo. La sua amica le aveva portato in dono un cane: un cucciolo di razza File.
– Questo tipo di cane è eccellente per le donne in gravidanza, poiché porta tranquillità e trasmette sicurezza.
– E con queste parole, l'amica si dispedì da Cristiane, augurandole buona fortuna e consigliandole di prendersi cura del cucciolo, lo chiamarono Lupo.

Cristiane manteneva vivi nella sua memoria i ricordi delle storie che Fernando le raccontava di un cane della sua famiglia chiamato Vinagre, un cane come quello non si vedrà mai più a Junco. Non ci sarà mai più un cane come Vinagre a Junco, Cristiane ne era certa, ma decise, ciò nonostante di prendersi cura di Lupo, un bellissimo cane di colore bruno. Crescerà come se fosse un membro della famiglia.
Famiglia: – padre, madre e figli. Nipoti, nonni. Famiglia.

Fernando e Cristiane e ora un altro membro della famiglia erano in attesa del' arrivo del nascituro. Sarà un maschio o una femmina? Assomiglierà a mamma o papà? Lo definì bene la cugina Birosca, che fece visita alla coppia una mattinata di domenica quando già la pancia di Cristiane mostrava che l'erede sarebbe presto arrivato. O ereditiera:

– Dicono che, alla nascita, il bambino non assomigli a nessun altro, anche se tutti speculano per compiacere il padre o la madre, o per giocare con loro. Ma tutto questo è valido, perché in fondo sono modi rilassanti e di buon umore per celebrare l'arrivo di una persona che viene al mondo già gradita e amata.

E i figli di Fernando e Cristiane assomiglieranno al padre o alla madre? Cristiane, ogni volta che faceva gli ultrasuoni, chiedeva al dottore di non mostrarle il sesso del bambino, non voleva perdere il gusto della sorpresa. Cristiane era già una donna, aveva compiuto 23 anni ed era incinta, pronta a dare alla luce un nuovo essere. In una delle sue visite dal dottore, rimase sorpresa e deliziata da ciò che vide: una ragazzina incinta di 13 anni. La bambina giocava con le bambole ed era già in attesa dell'arrivo di un altra bambola. E la ragazza-madre giocava a cavallino seduta in grembo alla futura nonna che avrebbe avuto due figli da accudire.

Giorno e ora stabiliti, l'equipe medica era presente nel centro chirurgico dell'Ospedale Geral do Junco. Fernando, lungi dall'essere un taumaturgo, ebbe il merito di radunare i suoi amici dispersi, attorno al tavolo chirurgico accompagnando, passo dopo passo, il più grande miracolo divino: il rinnovamento della vita. Erano lì, ad aiutare la perpetuazione della specie, il medico chirurgo Franco, che aveva lasciato la città tre anni prima; l'ostetrico Leandro, che dopo sei mesi di assenza, ritornò per partecipare a quel parto; il caposquadra, Joaquim Neto, oltre agli assistenti, tra cui il figlio del mitico Zé Grosso, che interruppe la sua vacanza per assistere la figlia di Cristiane, sua amica.
Chi testimoniò tutto questo lavoro fu Tonho de Lisboa, che non si è mosse dall' ospedale finché non ebbe notizia della avvenuta nascita.

L'atto di partorire un nuovo essere è sempre circondato da buone e cattive sorprese, aspettative, promesse, tuttavia la grande sorpresa di quella tarda mattinata di venerdì 13, fu che dal grembo di Cristiane nacque una ragazza bianca come la neve, con totale esternazione della gioia della madre, e il venerdì 13 smise di essere un giorno di presagio per diventare un giorno di gioia e gloria.

Era un pomeriggio un pomeriggio con i cirri nel cielo quando la famiglia si riunì a casa di José Paulo per vedere il neonato e dare doni e consigli ai giovani genitori. Fernando e suo padre si incontrarono sotto il portico. Il padre era orgoglioso. In silenzio guardavano l'orizzonte: – Ricordi quella pioggia, figliolo?

– Ricordo anche l'odore, padre – sorrise Fernando.

Poi apparve Israel, rimasero tutti e tre sulla veranda, lo zio con una dose di cachaça di Minas Gerais che Fernando aveva portato da un viaggio a Salinas. Israel non sarebbe cambiato, era bonario, sempre con quell'aspetto politico. Fernando ricordava le storie di cui aveva sentito parlare quando era un grande festaiolo.

– Oggi è un giorno diverso. – disse Israel.

– Sì, è un giorno che pare di aver già vissuto, non è vero? rispose José Paulo.

– Giusto. Un giorno d'infanzia, un giorno come quelli in cui eravamo soliti percorrere la Ladeira do Corte Grande con i carretti di legno.I nostri carri erano così precari che duravano dalle tre alle quattro discese – disse Israel mettendo una mano sulla spalla del fratello.

José Paulo lo guardò e sorrise così piacevolmente che gli occhi di Israel lacrimarono. Più tardi, apparve Juvêncio. Fu una sorpresa. Ora guidava una motocicletta. Era invecchiato saggiamente da quando aveva lasciato la Fazenda Baixa Funda.

– Sono venuto a congratularmi con il mio caro

nipote. E ho notizie per te.

Tutti smisero di preoccuparsi, Juvêncio non era uomo di sciocchezze.

– Voglio che ti occupi del terreno della Fazenda Baixa Funda. L'ho ripreso stamattina. Voglio che tu mantenga l'orgoglio della famiglia, voglio che il nostro sangue, il nostro sudore lavori la terra.

La terra tanto amata dai nonni Aristeu e dalla coraggiosa Tereza. In quel terreno dove siamo cresciuti, dove abbiamo giocato e abbiamo imparato a confrontarci con la terra.

La terra in cui è sepolta una parte di noi. La terra che ha preso nostra madre e nostro padre. Ti prenderai cura di lei, nipote mio.

– Cosa ne pensi? Fernando guardò suo padre che aveva gli occhi umidi.

– Certo che accetto. Chiaro, zio mio! – Rispose Fernando.

I quattro si alzarono, si scambiarono sguardi d'intesa, si abbracciarono e un'energia di tanti anni, di storie lontane, li avvolse e sorrisero, abbracciandosi affettuosamente.

L'AUTORE

Luiz Eudes, scrittore.
È nato a Sátiro Dias, Bahia-Brasile.
È sposato e padre di tre figli.

È autore dei libri di racconti ***Noite de Festa, Tempo de Sonhos, Cangalha do Vento*** (pubblicati anche in Portogallo e Angola, oggi in Italia con Edizioni We) e ***Tarde de Chuva*** e del libro per i bambini ***Baleia e a família perdida***, pubblicato nella collana Bichinhos Literários.

È membro dell'União Brasileira de Escritores (San Paolo) e direttore dell'União Baiana de Escritores (Salvador). È il creatore della Letteratura Collettiva con *Cachaça* e presenta il programma ***Café com Prosa***.

È membro del Gruppo *"Escritores Brasileiro na Itália"*, Simona Adivíncula.

Ha ricevuto i seguenti premi: Eccellenza Artistica (Revelando Brasis), Amico del Consiglio di Stato dei bambini e adolescenti (Stato di Bahia), Premio Destaque "Scrittore eccezionale" (Coração Notícias), Autore esordiente (Sátiro Dias), Scrittore enfasi (AMO) e Personalità di Importanza Culturale (Ubesc).

LA TRADUTTRICE

Simona Adivíncula, scrittrice.

Nasce a Salvador de Bahia, Brasile, naturalizzata italiana, oggi vive a Milano con il marito e la figlia.

Scrittrice, romanziera, poetessa, *giornalista freelance* *è* membro dell'Accademia della Cultura della sua città d'origine.

Molto conosciuta ed apprezzata, scrive da 23 anni e ha ben 13 libri pubblicati in diversa lingua.

È la responsabile del Gruppo *"Escritores brasileiros na Italia", nonché la* rappresentante della Edizioni We in Brasile!

Con le sue live sui social network, affascina migliaia di lettori ogni giorno.

L'AUTRICE DELLA PREFAZIONE

Antonia Flavio, scrittrice.

Poetessa cosentina, pluripremiata, autrice dei due best sellers "La mia vita" ed "Echi del Mare" editi da Edizioni We che hanno raggiunto i vertici delle classifiche online.

Oggi è considerata come una delle più importanti poetesse italiane viventi ed è sovente ospite di presentazioni letterarie, programmi televisivi e radiofonici, nonchè dirette online.

L'editore Nicola Bergamaschi di Edizioni We sempre riconosce pubblicamente il valore delle liriche di Antonia che sono uniche , in quanto sono in grado di generare un forte impatto emozionale nel lettore, che spesso si trova inconsapevolmente ad asciugarsi gli occhi.

L'ILLUSTRATORE

Samuel Costa

Samuel Costa è nato a Sátiro Dias ed è padre di un bambino.

Psicologo, psicodrammatista, specialista in lavori di gruppo; è, inoltre, psicopedagogista, docente, consulente in accoglienza docenti e in progetti di sviluppo psicoeducativo.

È cocreatore di *O teatro do desmascaramento*, A *jornada do dragão*, e *Cenas temidas*, avendo anche presentato lavori in Cile.

Per passione è anche illustratore.

PER IL BENE

L'autore, ha deciso di dedicare questa pagina speciale ad una associazione:

**Associazione Obras Socias Irmã Dulce
Organizaçao sem fins lucrativos.**

L'associazione ha sede a Salvador de Bahia in Brasile e l'autore invita tutti i lettori a scoprirne le attività e a supportarne le opere tramite donazioni o volontariato.

www.ingramcontent.com/pod-product-compliance
Lightning Source LLC
Chambersburg PA
CBHW061355160726
47995CB00001B/328